TABLEAUX
RÉALISTES

PAR

Gaston BARBEY

~~~~~~~~~~~~~~~~~~~~

5o centimes

~~~~~~~~~~~~~~~~~~~~

EN VENTE

chez l'Auteur, rue de la République, 11 bis.

ROUEN

--

1878

+Y

TABLEAUX

RÉALISTES

37908

TABLEAUX

RÉALISTES

PAR

G<small>ASTON</small> BARBEY

L'ORPHELIN

Au défenseur du faible

A VICTOR HUGO

C'était un soir de Mai; la brise au frais murmure
Frémissait doucement dans la verte ramure;
Tout rêveur et pensif, je marchais lentement
Sans savoir où j'allais; peu m'importait comment
Devait se terminer cette course entreprise
Sans prétexte et sans but.

                    J'étais près d'une église
Construite dans un champ de toute part bien clos
Et parsemé de croix, — champ du dernier repos, —
Quand soudain j'entendis une lugubre plainte
Retentir dans l'espace et me frapper de crainte.
Il me semblait qu'un mort sortait de son cercueil
Pour pleurer le destin de sa famille en deuil.

— Au loin le ver luisant brillait dans l'herbe humide,
A ses côtés chantait le grillon si timide;
Un rossignol perché sur un haut peuplier
Tirait des sons joyeux de son souple gosier.
La mort près de la vie, ô contraste ironique,
Qui donne a réfléchir même au plus dur sceptique! —

La lune, en cet instant, inondait de clarté
La triste nécropole où, pour l'éternité,
Reposent nos aïeux; sa lueur opaline,
Éclairant des tombeaux, faisait dans ma poitrine
Battre bien fort mon cœur. Tout ému, je gravis
Les marches de l'entrée; O surprise! je vis
Un enfant de six ans, plein de douleur amère
Qui pleurait, le pauvre être, en appelant sa mère.
J'approchais à pas lents et lui touchant le bras :
« Que fais-tu là, petit? murmurais-je tout bas. »
L'enfant n'écoutait point, sanglotant de plus belle :

« Ma mère! criait-il, c'est ton fils qui t'appelle,
Réveille-toi, j'ai peur! en me nommant bâtard,
Un homme aux yeux méchants, aussitôt ton départ,
M'a chassé de chez nous. »

                    Je devinais un drame
A ces mots de l'enfant, et, la pitié dans l'âme,
Le baisant sur le front, je le pris par la main
Puis l'ai mené chez moi. J'ai su le lendemain

Que ce pauvre petit était fils d'une fille,
Honni, battu par tous, n'ayant point de famille.
Et je sentis en moi sourdre un pròfond dégoût
Pour ces hommes pétris du limon de l'égoût
Qui prêchent la vertu sans dignité dans l'âme;
Hypocrites cagots dont le cœur est infâme !

. . . .

. . . .

J'ai gardé l'orphelin depuis ce triste jour,
Il m'appelle son père et me comble d'amour.

LA PROSTITUÉE

A *mon honorable Ami*

J. CHAPELOT

C'était un soir d'hiver; la neige dans l'espace
Tourbillonnait à flots, couvrant chaque surface
De ses flocons glacés.

— O la triste saison
Pour qui n'a point de pain, pas plus que de maison —

Dans une humble mansarde, à tous les vents ouverte,
Grelottait une femme à peine recouverte
Par de mauvais haillons. Auprès d'elle pleurait
Un enfant de dix mois qui demandait du lait;
Mais le sein maternel, tari par la souffrance,
Ne pouvait plus suffire aux besoins de l'enfance.
Dans un coin, une fille, ayant près de seize ans,
Faisait retentir l'air de sanglots déchirants.

— O la triste famille, ô profonde misère
Pour ces êtres privés d'un époux et d'un père. —
Car l'homme, un ouvrier, en maudissant le sort
Deux mois auparavant avait trouvé la mort
Après une cruelle et longue maladie
Qui changea ce bonheur en sombre tragédie.

Quelle affreuse misère en ce triste taudis!
Oh! souffrir de la faim quand on avait jadis
Sinon le superflu, du moins le nécessaire,
Être glacé de froid, ne pouvoir se soustraire
A cette dure loi d'un destin malheureux,
Quel supplice inouï, quel tourment douloureux.
Et dire qu'en ce monde, on voit tant de victimes
Alors que tant de gens débitent des maximes
De charité, de paix; assis près d'un bon feu,
Les heureux de ce jour prêchent l'amour de Dieu
Et, se vautrant dans l'or, race philantropique,
Exhortent au devoir, ceux qu'ils nomment la clique.

J'ai froid! gémit la mère, et je sens que la faim
Me terrasse et m'abat; je voudrais bien du pain.
Alors la fille dit : « Mère, un peu de courage! »
Et puis elle sortit essuyant son visage
Qui ruisselait de pleurs.

        — Pauvre enfant où vas-tu?
Un reste de pudeur défend-il ta vertu ? —

A la neige succède une pluie abondante
Qui transforme la rue en bourbe dégoutante.

Mais quelle est cette femme arpentant à grands pas
Les dalles du trottoir? Que fait-elle là-bas?
C'est la fille! elle attend qu'une main charitable
Lui donne un peu de pain; mais le sort implacable
La poursuit sans relâche et chacun en passant
Lui jette un mot grossier, un gros mot offensant.
Rien ne peut l'émouvoir, et sur elle l'injure
Glisse sans pénétrer; pas le moindre murmure,
Pas la moindre révolte; il semble que son cœur
Soit devenu rocher au souffle du malheur.

Tout-à-coup des chansons retentissent dans l'air,
Ce sont des jeunes gens qui bravent de l'hiver
Le froid et les autans; cette saison si rude
A quiconque subit la dure servitude
De l'affreuse indigence, est pour eux le vrai temps
Des fêtes et des bals, des plaisirs inconstants.
L'un des joyeux rieurs de cette bande folle
Voyant soudain la fille, approche et batifole;
Ému par les vins fins et par un bon souper,
Il veut toute la nuit, dit-il, s'émanciper,
Et prenant dans ses bras la frêle créature,
Il l'entraine avec lui sans craindre la souillure.

La fille pour de l'or qui peut fournir du pain
Le suit sans protester en lui donnant la main.

Quelques heures plus tard, des agents de police
Trouvaient sur un trottoir, ainsi qu'une immondice,
Un être revêtu de vêtements fripés
Et tenant de l'argent entre ses doigts crispés.
« Allons! crièrent-ils, vermine de ruisseau,
« Lève-toi, marche vite, ou bien gare à ta peau,
« Suis-nous sans larmoyer et surtout ne t'égare!...»
Et le triste convoi s'en fut vers Saint-Lazare.

Le lendemain matin n'entendant aucun bruit,
Les voisins étonnés s'approchent du réduit
Et, craignant un malheur, ils enfoncent la porte....
.   .   .   .
.   .   .   .
L'enfant vivait encore, mais la mère était morte.

PHILOSOPHIE

A mon Cousin

Léon Wilbert

O saint mot d'amitié qu'à la bouche ont sans cesse,
De bas et vils flatteurs, pour dûper sûrement ;
Amitié ; nom si doux qui nous remplit d'ivresse,
Pourquoi faut-il, hélas, te nier par moment ?

Nous vivons dans un siècle ou l'on doit en sceptique
Accueillir chaque chose, où tout est profané,
Où le vice s'étale, où la vertu pudique
N'ose point se montrer, où le cœur est fané.

Le doute desséchant s'empare de notre âme
Quand on voit, ici-bas, l'honneur abattu ;
Comme Brutus mourant, plein de douleur, on clame
Ce cri de désespoir : Tu n'es qu'un mot, vertu !

C'est l'or qui maintenant remplace la croyance,
On achète avec lui des baisers, un ami,
On se procure tout sans la moindre décence :
Amour, honneur et gloire ; on n'a point d'ennemi.

Mais vienne l'indigence; en un seul jour tout change,
Chacun tourne le dos et traite avec mépris
Le malheureux sans pain qui tombe dans la fange,
Après avoir vécu sous de riches lambris.

SOIRÉES D'HIVER

A MON PETIT GASTON

Béatement couché dans un mœlleux fauteuil,
Les jambes près du feu, le cigare à la bouche,
Dans les mains, du papier, un crayon, un recueil
De bons vers, je rimaille à mon tour et j'accouche
D'un sonnet médiocre ou d'une humble chanson.
Ainsi passe le temps ; Auprès de moi se joue
Un bébé qui m'est cher et qui, comme un pinson,
Gazouille sans relâche ; un baiser sur sa joue
Peut interompre seul mon maintien nonchalant.
Le gai lutin n'a pas respect de ma paresse,
Il saute autour de moi, s'interrompt par moment
Pour murmurer: pa-pa ! doux mot qui me caresse.

MIGNONNETTE

A Violetta

Connaissez-vous ma mignonnette,
Ma mignonnette aux blonds cheveux ?
En la voyant je suis poëte,
Je célèbre en ma chansonnette
L'azur brillant de ses beaux yeux.

Quand vient la nuit mon amoureuse
Offre sa bouche à mon baiser,
Et dans mes bras, l'âme joyeuse,
J'enlace ma belle enjoleuse ;
La volupté vient nous griser.

Le front brûlant, l'être en délire,
Ivre d'amour, sur son beau sein
Je m'allanguis et je soupire,
Et sur sa lèvre un frais sourire
S'épanouit jusqu'au matin.

J'ai fait serment d'aimer sans cesse
Ma mignonnette aux blonds cheveux,
Toujours près d'elle je m'empresse,
Je la chéris, je la caresse
En lui faisant de doux aveux.

ERRATA

Page 10, après le douzième vers ajoutez les deux suivants :

Eh! qu'importe l'insulte à cette malheureuse,
C'est de l'or qu'il lui faut pour la rendre joyeuse.

Page 11, après le sixième vers, ajoutez les deux suivants :

(De l'argent, vil métal, pour lequel on affronte,
Sans seulement rougir, le mépris et la honte.)

Page 11, au dernier vers, lisez : encor *au lieu de* encore.

Page 12, au cinquième vers, lisez : où *au lieu de* ou.

Page 13, au deuxième vers, lisez : l'honneur être abattu *au lieu de* l'honneur abattu.

Page 14, au neuvième vers, lisez : interrompre *au lieu de* interrompre.

DU MÊME AUTEUR :

A LA MÉMOIRE DU DÉFENSEUR DE BELFORT, poëme,
   *une brochure in-*18,   5o c.

LE PISCI-CLUB DE DAOURS-LES-POISSONS , fantaisie
   humouristique, *une br. in-*18 (*épuisé*) 5o c.

UNE MÉPRISE, nouvelle, *une br. in-*18 (*épuisé*) 1 fr.

Pour paraître prochainement :

MARTHE, roman réaliste, 1 *volume in-*18,   3 fr.

LES VINGT ÉPÉES, épisode des guerres de religion,
   1 *vol. in-*18,   3 fr.

Imp. Benderitter Fils. — Rouen.

www.ingramcontent.com/pod-product-compliance
Lightning Source LLC
Chambersburg PA
CBHW061732180626
46818CB00006B/2578